DISCOURS

PRONONCÉ LE 8 DÉCEMBRE 1892

A LA SÉANCE SOLENNELLE DE RENTRÉE

DE LA

CONFÉRENCE DES AVOCATS DE MARSEILLE

Par Me Louis AMBARD

BATONNIER DE L'ORDRE

*Imprimé en vertu d'une délibération du Conseil de l'Ordre
en date du 6 Janvier 1893*

MARSEILLE

TYPOGRAPHIE ET LITHOGRAPHIE BARLATIER ET BARTHELET

Rue Venture, 19

1893

DISCOURS

PRONONCÉ LE 8 DÉCEMBRE 1892

A LA SÉANCE SOLENNELLE DE RENTRÉE

DE LA

CONFÉRENCE DES AVOCATS DE MARSEILLE

Par Mᵉ Louis AMBARD

BATONNIER DE L'ORDRE

———

*Imprimé en vertu d'une délibération du Conseil de l'Ordre
en date du 6 Janvier 1893*

———

MARSEILLE

TYPOGRAPHIE ET LITHOGRAPHIE BARLATIER ET BARTHELET

Rue Venture, 19

—

1893

Mes chers Confrères,

Un des plus beaux privilèges de la charge que l'affectueuse et trop indulgente estime de mes confrères m'a appelé à remplir, est de présider cette grande fête de famille et de pouvoir vous entretenir de nos devoirs professionnels. Des voix plus autorisées que la mienne vous les ont déjà retracés bien des fois en un langage des plus élevés ; je n'espère pas dire mieux qu'eux et je n'aspire qu'à l'honneur de vous exprimer, tout simplement, les sentiments qui m'animent vis-à-vis de vous.

Le premier devoir qui s'impose au bâtonnier, est de consacrer tous ses efforts à vous aider, à réaliser le but que vous avez rêvé de prendre un jour une place importante au milieu de vos aînés. Il ne lui suffit pas d'apporter à ces débats auxquels vous vous livrez une attention ordinaire, il faut qu'il étudie le caractère de chacun de vous, qu'il cherche à discerner les qualités qui pourront vous faire briller un jour, qu'il vous dirige dans l'étude des théories juridiques, vous signale les points importants de vos discussions et vous empêche de vous perdre dans des digressions inutiles et oiseuses, il faut qu'il vous inspire du goût et de l'intérêt pour ces travaux qui semblent n'avoir qu'un côté idéal et sont en réalité fertiles en résultats pratiques.

Ce n'est pas assez ; le Bâtonnier doit vous conseiller sur vos devoirs à remplir vis-à-vis des clients, vis-à-vis de la magistrature et surtout vis-à-vis de vos confrères et de vos anciens. Ces traditions de respect réciproque et de respect pour vos anciens constituent une des règles les plus importantes de notre ordre, elles en font sa gloire et sa grandeur.

Pour que je puisse conduire à bonne fin mon œuvre, il faut qu'une confiance absolue et une véritable amitié s'établissent et règnent entre nous. Vous pouvez compter sur moi, je vous en donne ma parole ; à vous d'agir et de comprendre ce qui convient le mieux à vos intérêts.

Je n'ai pas besoin d'insister beaucoup pour vous démontrer l'utilité des conférences ; elles sont le premier pas de votre entrée dans la carrière ; à moins d'avoir reçu ces dons qui font de suite les orateurs, qui permettent à quelques êtres privilégiés de se

révéler au premier jour de combat, les commence-
ments sont difficiles. Le monde que vous allez ren-
contrer, vous apparaîtra avec ses doutes, ses ironies,
ses défiances qui paralysent quelquefois les volontés
les plus robustes, il faut donc vous fortifier de
bonne heure pour vous habituer à la discussion et à
la lutte.

C'est devant ce premier auditoire d'amis, plus
difficile quelquefois qu'on ne pense, que vous pourrez,
en laissant un libre essor à vos facultés naturelles,
acquérir le sang-froid nécessaire pour raisonner, le
calme indispensable pour bien discuter, pour grouper
habilement vos arguments et vous faire comprendre
de ceux que vous aurez intérêt à convaincre.

Dans ces luttes pacifiques l'émulation doit vous
pousser à bien faire ; si vous avez à cœur de remplir
tous vos devoirs du stage, vous apprendrez que le
travail peut et doit conduire à l'honneur ; vous en
avez la preuve aujourd'hui

C'est un de vos priviléges de désigner chaque
année celui d'entre vous qui viendra porter la parole en ce jour. C'est une justice à vous rendre que
vos élections sont toujours inspirées par un sentiment d'estime et d'impartialité. Pouvant tous
prétendre à l'honneur de prononcer le discours
d'ouverture, vous n'en apportez que plus de soin
à proclamer le plus méritant d'entre vous, et
l'orateur de votre choix se montre toujours digne
de la confiance que ses pairs lui ont accordée. Le
discours que vous venez d'entendre me donne raison.

Le sujet choisi répond à une des préoccupations les plus passionnées de notre époque. Chacun, aujourd'hui, cherche une solution à ce grand problème de la réparation des erreurs judiciaires ; s'il fallait en croire l'opinion publique, il ne faudrait s'occuper que de réparer les malheurs causés par les nombreuses erreurs judiciaires qui se commettent. Est-ce bien vrai ! Quand il s'agit de questions sociales où de grands intérêts surgissent de toutes parts, il faut calmer le mouvement parti du cœur, l'enthousiasme excité par la philanthropie et laisser une large place à la réflexion.

Mon Cher Confrère,

L'examen approfondi, auquel vous vous êtes livré, vous a été inspiré par un sentiment d'ardente générosité ; ne croyez pas qu'en parlant ainsi je veuille vous déplaire et diminuer votre talent. — Ce sentiment est une heureuse qualité de votre âge et je puis vous dire que cet entrainement du cœur est un des moyens qui vous serviront le plus pour défendre les malheureux et les affligés qui feront appel à votre dévouement ; Vous nous avez intéressés par un style clair et limpide, — par la chaleur que vous avez apportée à soutenir vos idées, à raconter ces procès qui ont ému des générations nombreuses et qui font encore palpiter bien des cœurs, — vous nous avez instruits par cette étude consciencieuse de la procédure criminelle, des auteurs qui ont approfondi la matière, des lois qui nous ont régi jusqu'à ce jour et des projets qui doivent établir le droit à la réparation. Vous nous avez prouvé que vous êtes digne de traiter une étude aussi grave ; puisse votre travail avoir quelque influence sur la marche de la question et contribuer à consacrer le progrès que nous appelons de tous nos vœux.

Si la critique, mais une critique indulgente et amie, était permise, je pourrais peut-être vous dire que je ne suis pas d'accord sur tous les points avec vous, mais j'aime mieux rester sous l'heureuse impression dans laquelle vous nous avez laissés et insister sur une de vos considérations les plus justes. Toutes les modifications dans les procédures criminelles ne sont pas toujours le remède qui doit guérir absolument le mal dont vous avez fait le saisissant tableau. La perfection absolue n'est pas de ce monde, et si l'on veut avoir la satisfaction de l'obtenir ou d'en approcher le plus, il faudra surtout s'occuper de l'éducation et de la moralisation des masses. Il faudra les habituer au respect de la justice et de plus relever encore, si c'est possible, la magistrature et tous les auxiliaires qui sont autour d'elle. Parmi eux, le plus important de tous, c'est l'avocat. Je me suis toujours fait, de son rôle, une idée particu-

lièrement grande : appelé sans cesse à éclairer les
juges, il tient souvent, dans ses mains, le sort des
affaires dont on l'a chargé. Cette situation crée une
responsabilité qu'il ne doit jamais oublier et c'est
par le sentiment et par l'accomplissement du devoir
qu'il pourra s'affranchir des dangers que sa mission
entraîne avec elle.

Ce devoir vous ne pourrez le comprendre que si
vous avez la volonté de faire le bien, de travailler et
de vous livrer à des études sérieuses.

Au moment où vous entrez dans la carrière, il
faut regarder avec sang-froid le chemin qui s'ouvre
devant vous et que vous êtes appelés à parcourir —
il sera pénible et difficile si vous devez manquer
d'énergie — il sera relativement facile et il vous
conduira à la renommée et à la fortuue, si vous vous
sentez la passion du travail. Persuadez-vous bien
que, malgré les soucis des procès, les préoccupations de la clientèle, vous aurez à étudier et à vous
instruire chaque jour — à vous tenir au courant des
progrès de la science, des travaux toujours nouveaux
de la jurisprudence, des questions sociales qui peu-
vent chaque jour amener dans le droit une modi-
fication. Il ne suffira pas d'accumuler, par l'étude
des commentaires, des matériaux pour l'avenir, il
faudra encore cultiver votre esprit et votre cœur et
songer à former et compléter cette qualité maîtresse,
qui, suivant le mot du bâtonnier de l'Ordre des avo-
cots de Paris, « sera votre instrument de travail,
« celle par laquelle vous remonterez à la source

« éternelle de toute justice, en dehors de laquelle il
« n'y a pour personne ni discernement du vrai et du
« juste, ni ordre, ni méthode, ni démonstration
« scientifique : j'ai nommé la raison. »

Pour former cette raison, recourez aux véritables
sources de la science, à l'étude de la philosophie et
de l'histoire ; ce sont là les éléments où vous devez
puiser vos leçons journalières et les meilleurs ensei-
gnements pour vous apprendre à penser, à réfléchir
et à raisonner.

Mais la science seule ne suffit pas à l'avocat, il a
besoin, pour faire sentir son influence dans les
enceintes où il est appelé à se faire entendre, d'avoir
un langage qui puisse plaire, — l'élégance de la
parole est une nécessité de la profession. Au milieu
des conseils qu'il donne aux poètes, aux écrivains et
aux orateurs, Horace ne peut s'empêcher à un moment de décrire les splendeurs de l'éloquence, et son
son admiration lui inspire ces beaux vers :

> Graïs ingenium, graïs dedit, ore rotondo,
> Musa loqui.....

Ce que la Muse a donné aux Grecs, le travail des
siècles et le génie de notre race l'ont donné à notre
pays.

Nous, les arrière-petits-fils de ces orateurs et de
ces rhéteurs dont la Grèce s'est enorgueillie, nous
pouvons dire avec juste raison que nous avons reçu
le génie de l'éloquence et une langue admirable pour

l'exercer. Consultez nos orateurs, lisez nos grands écrivains et nos grands poètes, qui sont légion, partout vous serez charmés par cette langue qui forme un instrument merveilleux.

C'est aux avocats qu'il appartient de rechercher les secrets de nos maîtres et de continuer à faire entendre ce langage élégant partout où ils porteront la parole. Si vous voulez y parvenir, cherchez de préférence les écrivains dont le style vous séduira davantage, dont les idées vous conviendront le mieux, dont les pensées s'identifieront plus facilement avec les vôtres, vers lesquels vos instincts et votre sympathie vous pousseront le plus. — Lisez-les et relisez-les sans cesse, et, maîtres de leurs secrets, vous pourrez séduire vos auditeurs par vos accents harmonieux.

Ce n'est pas assez de « faire commerce de relations » avec nos écrivains français, il y a encore, par delà les siècles, de vieux amis qu'il est bon de consulter de loin en loin et de ne pas négliger. Je veux parler des poètes, des orateurs, des philosophes et des historiens latins. Au milieu des préoccupations et des soucis de la vie, à mesure que vous avancerez en âge, il y aura des moments de fatigue et d'ennui; si vous avez gardé dans votre cœur un petit coin pour ces admirables charmeurs, et si vous voulez conserver un sentiment de jeunesse et de poésie, ne craignez pas d'aller à eux, leur demander les consolations qu'ils n'ont jamais refusées et, loin du tracas des affaires, dans le silence, seuls en face d'eux, vous retrouverez des heures bénies qui donneront des forces et du courage à votre esprit et à votre cœur.

Et enfin, si vous voulez garder un bon souvenir de ces moments de recuillement salutaire, sachez encore trouver un instant où vous pourrez coordonner vos réflexions. L'avocat ne doit jamais perdre l'habitude d'écrire. — Nombreuses seront dans la vie les occasions où vous pourrez vous féliciter d'avoir eu l'énergie de suivre les conseils de votre bâtonnier.

Pardonnez-moi de vous avoir tenus si longtemps. J'ai senti quelquefois la vérité de ce que je viens de vous dire et j'ai éprouvé le besoin de m'ouvrir à vous. Si je pouvais avoir réussi à vous convaincre, ce serait la plus grande récompense que je pourrais jamais obtenir.

Et maintenant, avant de nous séparer, j'ai moi aussi un devoir à remplir — c'est de parler encore de ces anciens, de ces confrères respectés que la mort est venue surprendre et nous enlever dans le courant de l'année qui vient de s'écouler.

Le premier d'entr'eux, celui dont le nom se présente sur toutes les lèvres, c'est celui de M⁰ Aicard ; la douleur que nous a causée cette mort si prompte est trop vive pour que je puisse songer à retracer longuement sa vie.

Pourtant, laissez-moi vous entretenir quelques instants de lui.

Né en 1825, à la Nouvelle-Orléans, il préludait, par de fortes et brillautes études anx succès qu'il devait conquérir un jour. En 1846, il était licencié en droit, puis docteur et il débutait comme stagiaire au barreau de Marseille le 16 décembre 1846. — En 1849, il est inscrit sur le grand tableau et à peine y était-il qu'il est appelé à faire partie du bureau de consultations gratuites de 1851 à 1854.

En 1860, il entra au conseil de discipline ; l'admiration de ses confrères l'appella au bâtonnat en 1865 et en 1866, et plus tard, en 1878, il fut élu bâtonnier pour la troisième fois. Vous savez dans qnelles circonstances l'Ordre tout entier s'associa à une protestation qui devint une éclatante manifestation. Puis il a été de nouveau élu bien des fois comme membre du conseil et à la fin de l'année 1892, il sortait de fonction, cette fois pour ne plus revenir.

Sa carrière a été remplie par les soins incessants à donner aux grandes affaires qu'une clientèle nombreuse venait lui apporter chaque jour Autour de lui se sont groupés les intérêts des plus grandes compagnies et toutes les fois qu'un procès difficile se présentait devant quelque juridiction que ce fut ; c'est lui qui était chargé de le soutenir ; il a pu ainsi discuter les plus grandes questions qui ont intéressé l'industrie, le commerce, la propriété civile et les droits multiples des citoyens, et son nom restera mêlé à ce travail de jurisprudence qui a renouvelé tout ce que nos anciens avaient fait.

Qu'elle qu'ait été sa grandeur comme avocat,

comme jurisconsulte et comme orateur, n'oubliez pas que ce qui a fait sa gloire la plus pure, c'est ce dévouement sans borne à ses confrères, cet amour du devoir qu'il a su pratiquer vis-à-vis de tous.

Dès son plus jeune âge, il sut faire la part de la charité et il a conservé jusqu'à son dernier jour ces sentiments qui font l'homme de bien.

Pour vous, mes chers confrères du stage, il y a un souvenir qui doit vous attacher plus particulièrement à son nom. C'est lui qui a contribué à empêcher nos conférences de tomber dans un oubli profond alors qu'elles semblaient condamnées à périr au milieu de l'indifférence, et qui sut par ses efforts les relever et leur donner un nouvel essort.

Emporté par cette ardeur qui faisait de lui un incomparable lutteur, il voulut que ses jeunes confrères pussent, comme à Paris et ailleurs, s'intéresser à ces réunions où ils s'habitueraient de bonne heure aux luttes de la barre, On le vit entraîner ses confrères qui n'avaient pas la même foi que lui dans l'utilité de ces travaux, réveiller leur zèle, les plier à ces exercices nouveaux et les forcer à reconnaître qu'ils étaient un apprentissage indispensable de la profession. Peu à peu la foi avait gagné ces nouveaux adeptes, et grâces à Mᵉ Aicard, la conférence recevait une consécration nouvelle et définitive qui la sauvait de l'oubli.

Il avait fait de son relèvement une œuvre personnelle, aussi ses succès le remplirent-ils de joie et d'orgueil, et quand il ne lui fut plus possible de prendre part à ces travaux qu'il était heureux de diriger, il les suivait de loin avec un intérêt qui ne s'est jamais ralenti jusqu'aux derniers jours de sa vie.

Quelle joie n'éprouvait-il pas quand, invité à venir s'asseoir au milieu de vous, il pouvait vous rappeler le passé, ses efforts, ses encouragements pour vous faire croire à des triomphes pareils aux siens. Son bonheur n'avait plus de bornes, lorsqu'aux jours de fêtes vous le saluiez de ce nom aimé par lui de « père de la Conférence », et la dernière fois où il se trouva avec vous, où il put vous dire « qu'il vous aimait beaucoup », vous admiriez encore cette vieille gaîté qui se rajeunissait au contact de votre jeunesse. Son nom devrait être écrit en lettres d'or sur le fronton de la salle où vos conférences se tiennent, pour perpétuer le souvenir des services qu'il vous a rendus. Si cet honneur ne lui pas été accordé, sachons lui prouver que nous savons apprécier ce qu'il a fait. C'est en conservant à la Conférence l'élan et la vie qu'il lui avait donnés que vous pourrez honorer sa mémoire le plus dignement.

Dans cette même année s'est éteint dans le calme et dans la tranquillité que donne la conscience du devoir honnêtement rempli, un de nos plus anciens confrères qui s'était tenu presque toute sa vie éloigné de la barre.

Attaché à son titre d'avocat, il n'oubliait jamais de paraître au palais les jours d'élections.

On se demandait alors quel était ce vieillard à la figure douce, à l'air sympathique, qui venait se mêler à nous. Et quand, pour satisfaire la curiosité du confrère, on lui apprenait que M\e Sallony était un de ces hommes qui font le bien sans bruit, ne s'occupant que de charité, absorbé par les devoirs les plus élevés de la vie de famille, on le saluait avec respect.

Chacun apporte, suivant ses moyens, son contingent à ce grand travail social de notre ordre, et il récolte ce qu'il a semé.

Les uns recueillent la gloire, comme M\e Aicard, les autres se contentent de l'estime, comme M\e Sallony, ils trouvent que cela suffit à leur sagesse et à leur philosophie, et je ne puis qu'admirer leur raison.

Inclinons-nous devant tous ces confrères qui se sont montrés dignes de notre attachement ; inspirons-nous de leurs exemples, et surtout n'oublions jamais que l'Ordre des avocats ne vivra qu'à la condition de nous aider, de nous soutenir tous dans une communauté de sentiments, de respect, d'estime et de dévouement réciproques.